花咲く春に逢《あ》いましょう

星さやか

文芸社

◇◆◇目　次◇◆◇

たんぽぽ

昨日私は夢を見た
たんぽぽの綿毛に乗って
空を旅する夢だった

「そんなことはありえない」

わかっているけど
現実逃避の願望が作り出す夢は
とても心地好くて　快適な浮遊飛行

ふわふわふわわ
どこへ飛んで行くのかな
自分の足で歩くより
よっぽど軽くて柔らかそうだよ

ふわふわふわり
私の知らない町
どんな人が迎えてくれるの？

ふわふわふ～わ
お気に入りの風景を見つけたら
ゆっくり腰をおろして
たくさんの花を咲かせよう

夢の中で　そう思った

今朝見た通勤途中のたんぽぽは
固いアスファルトの下にしっかりと根をはり、
どうどうたる姿で日の光を浴びていた

その姿はまるで、
「現実から目を背けるな」と
私に訴えているようだった

時にたんぽぽは
いろんな顔を見せてくれる

もしかしたら雑踏の中にも
花を咲かせる場所は
あるのかもしれない

私は
たんぽぽのように
強くなりたいと思った

宗谷岬へ

許せない気持ち

許したい心

現在《いま》の迷いを
北の果ての海に　流しに行こう
宗谷岬へ

長く厳しい冬を越えた
北の地に吹く風は
まだ私の頬に冷たいけれど

私の居る場所　≒　あなたの居ない部屋

人は、それまでの自分の生き方が
間違いだったことに気付いた時
どんな行動をとるのだろう？

①間違いだと気付いていても
　そのまま先へ突き進む

②ちょっとだけ引き返して
　別の道へ進む

③前へ進むことができないので
　とりあえず立ち止まって考える

人それぞれ、どんな選択も〝アリ〟だと思う

私は・・・
二つ目の案で行くね

そして辿り着く所が
あなたの居ない部屋だとしても
そこが私の居るべき場所だから

空に映すいろは

私は
雲のない空が好き
自分の心に何も迷いがなさそうで

私は
虹のかかった空が好き
遠く離れている人に想いを届けられそうで

私は
太陽の輝いている空が好き
誰かを元気にしてあげられそうで

私は
雨を降らせる空が好き
悲しみを全部洗い流してくれそうで

私は
雪を降らせる空が好き
全てを白紙から始められそうで

私は
広くて遠い空が好き
大きな声で「お父さん」と呼べそうで

予防接種とチョコレート

何かつらいことがあると
チョコレートが食べたくなる
それはきっと、あの味を思い出したいから

幼い頃、母に手を引かれ
随分遠い病院へ行った

白い扉の向こうで起きているであろう
ただならぬ状況を察知して
眉間にしわをよせた私に
小さな声で母が言った

「泣かなかったらいい物あげる」

注射針が抜けた後
〝へ〟の字に曲がった私の口に
優しく含ませてくれた
一粒のチョコレート

つらいことを乗り越えた証の味

時計が止まった日

カレンダーをめくるスピードに
ついていけなくなった私が
「待ってくれ！」と叫んでいる

気が付けば時計の針は
十一時四十五分を指したまま
いつ止まったのかも思い出せない

「今日の打ち合わせは、十五時から××会議室で
〇〇について検討します。資料は△△部必要です。」

そんな事はどうでもいい

私が知りたいのは
この時計が止まった日

「何月何日　何曜日?」

その日から私の心の時間は止まったまま
破り捨てられたカレンダーのどこかに
置き去りにされている

中学校

丘の上から聞こえてくる
トランペットの調律音は
十五年前と変わらない

あの丘の上には
恋をしたり、友達とケンカをしたり
テストで赤点とったり、試合に負けたりして
悩んでいる少年少女が
今もいるのだということが
何だかとてもうれしい

本当は
丘の上から聞こえてくる
トランペットの音に合わせて

変わってしまった自分の心を
調律しようとしている私が
今ここにいることを
誰かに気付いてほしいのかもしれない

次の休日は
あの丘に続く道を
散歩でもしてみようかな

あの丘の上にあるのは・・・

そう
あの丘の上にあるのは桜並木と
私が三年間通った中学校

風速7m／s

水面《みなも》に反射する日の光がキラキラとまぶしくて
まるで二人を祝福してくれているかのように見えた
湘南の海　彼と出会った場所

ジュースのキャップを開けながら
江ノ電の前を横切り
大きな声で笑った暑い夏

みんなで、体感風速の話をしたっけ

結局、今年の夏は海へ行けずじまい
彼と終わっちゃったからじゃないよ
仕事が忙しくなっちゃったから

そう、仕事が忙しくなっちゃったから・・・

今の私は
海へ足を向けられなくなった理由《わけ》を
一生懸命自分の中で探してる

失ったものの大きさと
後押しする風を
背中で感じながら

涙のあと

ページをめくると
笑い声が聞こえてきそうな二人の写真
今の私には　見ることができないから
机の引き出しの奥にそっとしまった
四年前のアルバム

ふたを開けると
目に飛びこんでくるプラチナのパートナーリング
今の私の指には　はめることができないから
タンスの隅にそっとしまった
木製の宝石箱

二人に共通するものは全て
自分の気持ちと一緒に整理したはずなのに

しまう場所のなくなった涙は
どうしようもなくこぼれ落ちるだけで
ただ乾くのを　待つしかなくて

ただ　明日が来るのを
待つしかなくて

愛のかたち

目に見えてわかるものではないから
つくるのも　育むのも
おくるのも　受け取るのも
すごく難しいね

だけど、壊れるのだけは簡単

だからこそ大切にしたいと
今抱きしめているのは

私だけの愛のかたち

必要性

たった一人で
生きているわけじゃないから
私のことを
必要としてくれている誰かのために
今ここに自分がいるって
そう信じたい

そう信じることは
明日へつながる私自身を励ますこと

とても心強いこと

Spiritual Language

つないだ手のひらから
伝わってくる彼の脈搏で
言いたいことがわかった
「君が大事」

長いまつ毛の向こうの
左右に動く彼の瞳で
言いたいことがわかった
「ごめんね・・・」

口に出して言わないのは
ずるいことだと
ずっと思っていたけど

心の声で応えてあげるよ
「ここから先は独りで行くね」と

月夜の教え

今日のお月様はまあるい
私の見てるお月様はまあるい
いわゆる、満月というやつだ

別の場所から見る
お月様はどうだろう？
同じようにまあるく見えるのだろうか？
いやいや、もしかしたら
半分雲に隠れているかもしれない

そもそも　別の場所なんて
誰が決めたことなんだ？
私が勝手に決めたこと
人が勝手に決めたこと

別の場所から今日のお月様を
見ている人達にとってはきっと
私の立っている所が別の場所

そんなこんなで
世間なんていつでも
自分中心に回ってる
いわゆる、自己中というやつだ

明日は・・・

お月様を別の場所から
見れる人になりたい

小さい私に栄養剤

人間小さいって言われた
悔しい
悔しいのに
何も言い返せなかった
惨めだ

悔しいとか惨めだとかって
ずっとマイナスイメージだったけど

大きい私になるための
まずい栄養剤だと思えば
たまに飲み込むくらいが
丁度いいのかも

心のままに

誰かに言われたから動くのではなく
誰かに言われたから止《や》めるのでもなく

いつも自分に素直な気持ちで
歩いていきたい　これからも

それが私の一番の願い
そしていつかはみんなの願い

心のままに・・・

右の奥歯

涙こらえて、努力して
周りの人に「よく頑張ったね」って
誉められていた頃
なぜか顎がきしんでた

どうでもいいや、もうやめてしまえ
何言われたっていいじゃないか
そう思えるようになった時
鏡に向かって謝った

あ～、ごめんね
歯をくいしばってまで我慢してきた
今までの私

そういえば最近、
右の奥歯の痛みは
少し和らいできたみたいだ

コスモス

自然の風に吹かれている
コスモスを見た
それまで何とも思っていなかったのに
あの日はすごく印象的だった

花はそこにあるだけで
きれいだと思うのは
その人の心次第だという

あの日
私が見たコスモスは
何だか少し悲しく見えた
それは　私が
泣いていたからかもしれない

自然の風に吹かれている
コスモスを見た
それまで何とも思っていなかったのに
あの日からコスモスは
私の好きな花のひとつになった

不浄の心

誰かを
羨ましいと思った
その瞬間から
少しずつ芽生えてきた
不浄の心

そこからまた
新たな妬《ねた》みが生まれ
嫉妬を過ぎて
憎悪に変わる

ああ、神よ
どうか教えて下さい
このような醜い心を持った
この私でも
いつか誰かを愛せる時がきますか？

ああ、神よ
どうか見捨てないで下さい
このような醜い心を持った
この私でも
いつか誰かに愛される時がきますか？

不浄の心を持った　この私でも

目覚め

深く深く　眠りについた
ひとかけの心
眠りから覚めるのはいつ頃？

この人となら　きっと大丈夫
ゆるぎない想いが
打ち砕かれた次の瞬間
ひらりと舞った猜疑心

どうしてこんなことになったのか
繰り返す独り言の中に
真実を追い求めても
ひとかけの心は眠ったまま
目覚めの時を知らない

それでも私は待っている
長い長い眠りから目を覚ます
季節がくることを

私はずっと待っている
誰かが耳元で優しく
おはようとささやいてくれる
朝がくることを

父娘《おやこ》

旅路を急ぐ
人の群れの中に
父の背中を見た

どうして一人で逝っちゃうの？
私達のこと嫌いになったの？
生きることに疲れたの？

どんなに問いかけても
私の声は
父の背中に届かない

でも　もしこの先のどこかで
会うことができたら――

私きっと　迷わず言うから
大切な人にはちゃんと
自分の気持ち伝えるから

「ずっと側にいてほしい」って

もしかしたらその一言を
誰かに言うためだけに
私は今　生きているのかもしれない

絆

もしも孤独を感じたら
この世で大切だと思えるものを
数えてみると良いでしょう
動物《ペット》でも　植物でも　思い出でも
何だっていいのです

そして
一つでも見つけることができたなら
あなたは孤独ではないでしょう

だって
心は〝大切な何か〟と
つながっているのですから

微笑みがえし

いつも素敵な笑顔を
ありがとう
そんなあなたに
今日は私から
微笑みがえし

チ・カ・ラ

大切な人を　守る力
大切なものを　築く力
弱い自分を　許せる力
全部私の中にある

Birth

こんにちは
あなたはどこからやって来たの？
この星で
何をするために生まれてきたの？
私のことをどこで知ったの？

お話したいことがたくさんあるね

私は
あなたを愛し、育むために
今ここにいるよ
My　little　babe

アルクトゥルス（次空を越えて）

あの扉を開けた瞬間
暖かい空気が私を包みこんだ

それは
長い間夢で待ち続けた未来
遠い記憶の中で経験したことのある過去
そんな世界《スペース》

そして　そこで感じたものは
未来でも過去でもなく
現在《いま》を生きる私

次空を越えて

次の扉

〝ぷぅ〜〟。
何？　今の音
ラッパの音じゃなくて、天使のため息みたい
「えぇーっ、天使ってため息つくの?!」
そりゃそうでしょ
天使だって何でも上手くできるわけじゃないもの
次の扉が開かなくて
先に進めないって困ってるよ
力いっぱい押してもダメみたい
うーん、もしかしてこの扉って引くものなんじゃない？
「・・・」

そうか、次の扉を開けるためのヒントは
一歩下がることだったんだ！

魔法使い

君に魔法使いを紹介してあげよう
君が望めば、何でも願い事を叶えてくれるよ
白い鳩を飛ばしたりはできないけどね

「そんな人、魔法使いじゃない。」と
君は言うかもしれない

でも、君の心の中に住んでいる
もう一人の君の声に耳を傾けてごらん
今　君がやりたい事
今　君が知りたい事
それがわかるのは君だけだよね
それを実現できるかどうかは君次第だよね

自分の可能性を無限に発揮できる人

外の国では、そういう人のことを
「魔法使い」と呼ぶんだよ

天使の背中

ねえ、あなたこの間
私のこと何でも知ってるって言ったけど
それってウソだわ
だってあなた私の後ろ姿を見たことないもの
いつも私の前を歩いているから

私の背中にはね、小さな羽がついているの
日の光を浴びるとね、虹色に輝くのよ
そのこと、あなたは知らないでしょ

そして、もっと大切なこと
あなたの背中には、大きな羽がついているわ
身体の大きさによって
ついている羽の大きさも違うみたいね

本当のところはね
誰の背中にも羽はついているのよ
愛する人が困って自分を必要としている時に
すぐに飛んでゆけるように・・・

だからあなたも
私が困った時には
すぐに私のところへ飛んできてね

お願いよ　マイ・ダーリン

パレット

私って言葉足らずで
いつも誰かに誤解される損な性格
自分の心を100％表に出すのって難しいね
だからといって、別に隠しているわけじゃないんだ

大切な人には
ちゃんと知っててもらいたいよ
私の心の色
見えている部分なんて
本当はたくさんあるうちの
たった一つにしかすぎないことも

たまに隣の色に邪魔されて
思った色が出せなかったり

肝心な時に意志薄弱で
個性を主張できなかったりするけど

今見えているのが
どんな色であっても
いつかきっとあなたと二人
真っ白なキャンバスに描く未来を彩る
幸福《しあわせ》の黄金色《きんいろ》を作れるって
そう信じてる

無器用な私の
心のパレットで

I・My・Me・Mind《マインド》

私は思う
昨日と今日の境目もわからないまま
螺旋階段を昇るような毎日
この先も昇り続けるのだろうか？
明日《あした》を変える勇気が自分になければ
新しい何かは始まらない

私の思う
未来自分図は
どう表現すればいいのか
まだわからないけど
とりあえず現在《いま》見えている部分だけでも
描いておこう

私を思う
家族がいたから
今日まで生きてこれたこと
ありがとうを先送りにしないで
いつも感謝しているよ

僭越ながら
メッセージに代えて・・・

天《あま》の声

名前のない星でも
宇宙の一部として
ちゃんと輝いているんだよ

それは
自分の存在を誇示するためでなく
自分に価値を見出せない時に
思い出してほしい言葉

ほんのちょっとのきっかけで
あなたが内包している美しい力を
引き出すことが可能であることを
どうか忘れないでいて下さい

母なる宇宙より

笹舟

さらさらと
どこへ行くのだ笹舟よ

浮草にぶつかり
行く手を見失っても
どうか沈まないでいてほしい
海原に流れ着くその日まで

漣を
越えて行くのか笹舟よ

岩にぶつかり
その身を削ることがあっても
どうか沈まないでいてほしい
海原の太陽を見るその日まで

ZERO

生存競争の激しい社会で
ZEROの意味を考える

学校の授業では
無いに等しい値
それがZEROだと教わった

会社の組織では
経営方針に順応できない人間
それをZEROだと評価する

こじつけかもしれないけど
そんな思想に振り回されず
もっと世の中生きやすくなる
考え方ってあるよ

全ての数値に到達することのできる原点
それがＺＥＲＯだ

だったら
ＺＥＲＯになったっていいじゃないか

まんざらでもない家族

眠っている私の額に
誰かが優しく手をあてた
「まだ熱があるみたいね。」
今のは・・・　お母さん？

眠っている私の口に
たまに触れる冷たい何か
「これなら、食べられるはずなのになぁ。」
今のは・・・　お姉ちゃん？

遠くから聞こえてくる会話に
途中から誰か加わった
「さやかは、どうしたんだ？」
今のは・・・　お父さん？

朝　目が覚めると
額からころげ落ちたらしい
ぬるまっこいタオルと
苺ののったお皿が布団のわきにあった

そういえば・・・！
台所のゴミ箱から漂ってくる
ほんのり甘いクリームの香り

冷蔵庫をのぞいてみたけど
やっぱり私の分のケーキはない
「代わりに食べておいたから。」と
今日ははっきり聞こえる姉の声

「お姉ちゃんっ‼」

あっ、熱下がったみたい。

恋初《こいはじ》め

彼の手に触れてみたい
そう思った

また今度、会えるのかな？
聞きたかったのに　聞けなかった

ほんの少し
交わした会話が
頭の中を
ぐるぐる　ぐるぐる

まずい・・・
こんなはずではなかったのに
もしかしたら、恋しちゃったかも

Mr.?《クエスチョン》

もう出会っているのかもしれない
これから出会うのかもしれない

私の永遠《とわ》の
パートナーになってくれる人は
一体誰なのでしょう

待ちわびて　待ちわびて
私はこのまま
太古の化石になってしまいそうです

Mr.?《クエスチョン》

嫌い嫌いも・・・

ちょっと、約束が違うんじゃない？
なんて事は日常茶飯事で
約束を破られる事に
慣れてしまっている自分が嫌い

裏切られても、踏み躙《にじ》られても
それでもいつかは立ち直れるって
思い込んでる自分が嫌い

本当は強くなんかないくせに
本当はもっと誰かに甘えたいくせに
「君は強い人だね。」って言われて
その気になってる自分が嫌い

「嫌い嫌いも好きのうち」ってよく言うけど
それって自分自身にも適用できるのかな？

彼と私の境界線

この道を曲がると
彼と暮らした家が見える
目的地へは、この道を行くのが
最短距離だということを
一番よく知っているのは自分
それでも、わざと通り過ぎて
もう一本先の道を曲がる

半年前まで私が住んでいた家付近は
近頃工事中でもないのに
〝立入禁止〟の標識が出ている

彼と私、
どちらが引いたかわからない
心の境界線

でも、二人の間に引かれたこの境界線を
今踏み越えるわけにはいかない
踏み越えてはいけない

同じことを繰り返すだけだと
わかっているのに
自分の心にいちいち
言い聞かせなければならないことに
腹が立つ

何年か経って
もし彼と街でバッタリ会ったら
最初に言うこと、それはもう決まってる

「ちゃんと、ご飯食べてる?」

Grass

大地にねころんで
空に手をかざし
指の隙間から見える
雲の流れを目で追っていたら
とても切なくなってしまった

空と雲は
こんなに調和してるのに
大地と私は
しっくりいかない

はじき出された異物は
秋風にさらされて
雪で自分が覆われるのを
待っている

雪が溶けたら・・・
春風に戦《そよ》ぐ
草の一部になれるといいな
とめどなく涙が
私のほほをつたった

歯ブラシの気持ち

使いこんだ歯ブラシは
くたびれている時の私によく似ている

一生懸命同じ場所を磨いてきたんだけどね
最近どうしても毛先（心）が分散しちゃうんだよ

ご主人様が私を捨てて
新しい歯ブラシを手にした朝
私はゴミ箱の中からひょっこり顔を出して
最後にこう思ったの

「それでも、一緒にいた時間《とき》は
最高のパートナーだったでしょう?!」って

ゴミ収集車に揺られている今が
もしかしたら一番充実しているのかもしれない
リサイクルされる日を夢見て

人魚の国から

昔読んだ童話の
人魚姫の最期《さいご》は　あまりにも可哀想で
どうしてそんな結末になってしまうのか
幼い私には理解できなかった

大人になった今も
何の打算もなく
人を愛することの難しさを
この身を通して　ただ感じるだけで
苦しさにもがいてばかりいる

私はやっぱり
人魚姫のようにはなれない

もし私が人魚だったら——

もし私が人魚だったら
人間にはならず　きっと人魚のままでいる
青く澄んだ海の底から
人間界へ　この想いだけを馳せて

海のように広く
海のように深く
海のように色鮮やかに

いつもそうありたいと願う
私達の愛の祈り
届きますか？

Cocoon《コクーン》

真綿のような優しさで
包まれていたなら
笑っておやすみなさいが
言えたかも

真綿のような温かさで
包まれていたなら
安心して眠りに
つけたかも

深い闇に吸いこまれ
自分がどこにいるのか
わからなくなった時さえも

真綿のような愛で
包まれていたなら
私はサナギになれたかも

心の花

誰にも気付かれないように
そっとまいた
一粒の種

その種を育てる土は
とても気難しく
いろんな注文をつけてくる

水をやりすぎてはいけない
乾きすぎてもいけない
表面がかたすぎてはいけない
やわらかすぎてもいけない
肥料をやりすぎてはいけない
やらなすぎてもいけない

ｅｔｃ．ｅｔｃ．

でもね
こんなうるさい注文も
たった一つの花を咲かせるためだけにある

誰よりも美しく
私の心の花を咲かせるために

恋してますか？

ここ何年も
胸が熱くなるような
恋をしていない

抱きしめられて
胸がキュンとなるような
恋をずっとしていない

会話をしていても
どこかうわのそらで
次の日になると
何を話していたのかさえ
思い出せない
そんな毎日
誰といても・・・

この年になって
本気で誰かに恋をしてみたいと思った
公園のベンチで談笑している
若いカップルを見て
あなたは今
恋してますか？

スタンバイＯＫ

カメラのレンズの向こうから
何を見ようとしているの？
目が合いそうになると
すぐに視線をそらしてしまうのね

私の心の切り口なら
前から、横から、後ろから
どの角度からでも
あなたの探し求めている
ｅｓｓｅｎｃｅが
きっと見つかるはず

だから
スタンバイＯＫの合図を出したら

私のｅｓｓｅｎｃｅの集合体を
最高の形で
あなたのカメラに留めてほしいの

あなたのその腕で

足跡

私が歩いてきた道
触れてきたさまざまな出来事
見送ってきたたくさんの人々

どれも間違えていたとは思わない

でも　ちょっと急ぎ足できちゃったかな

次の交差点ではどっちに曲がろう?

ほんの少し立ち止まる余裕もできたことだし
たくさん足跡を残していこう

優しく時は流れる

優しく時は流れる
こんなこと言ったら　笑われるかもしれない

でも
笑顔で迎えたあの朝が
涙で濡らしたあの夜が
音もなく静かに思い出にかわる

そして
思い出は心の中で
明日への〝動〟にかわる

今、確かに感じる
「私は優しい時の中に生きてる」と

私Color

デパートの新入生コーナーに
ずらりと並んだランドセル
この中から一つ好きな色を選びなさいと
祖母が言った

「これがいい」
私が指差したのはオレンジ色のランドセル

うれしくて、うれしくて
入学式の前日、何度も背中にしょってみた

その時には気付かなかったこと
オレンジ色のランドセルを選んだ日
それは、私が初めて個性を出した日でもあった

契り

すこやかなる時も
やめる時も
私は
自分自身の魂に
嘘をつかないことを
誓います

「私」第二版

三十年の自分史の中で
無意識のうちに
過去の記憶を改ざんしていた

何年も後になって
その不正行為を明らかにする事が
どれほどつらい事かなんて
本史作成の手引きには
書かれていない

どこまで遡れば
不正行為が起きた事実と
改ざん前の記憶を
取り戻せるのだろう？

是正処置をするまでは
本当の私は完成しない

それがわかっているから
「私」第二版を発行するために
第一版の自分を毎日review《レビュー》している

著者プロフィール

星 さやか（ほし さやか）

1973年　東京生まれ（主な育成地：神奈川）
1992年３月　神奈川県立厚木商業高等学校情報処理科卒業
1992年４月　複写機製造会社へ入社

花咲く春に逢《あ》いましょう

2004年5月15日　初版第１刷発行

著　者　星 さやか
発行者　瓜谷 綱延
発行所　株式会社文芸社
〒160-0022　東京都新宿区新宿１－10－１
電話　03-5369-3060（編集）
03-5369-2299（販売）

印刷所　株式会社平河工業社

ISBN4-8355-7370-6 C0092